vitor motta

é antes de tudo uma pessoa e, por isso mesmo, nunca é o mesmo. Atualmente escreve e fala sobre literatura nas redes sociais, é professor de escola pública nos municípios de Saquarema e Araruama, na Região dos Lagos do Rio de janeiro, e dedica-se à produção literária. Jura que tem boa saúde mental por isso e outras coisas mais.

BOLADÃO

vitor motta

editora Urutau
primeira edição
2022

O —

editora Urutau

avenida peirao besada, 6 – 2D
36163 poio-pontevedra
(espanha)

rua cajus, 478
jardim das cerejeiras, cotia — sp
brasil
06724-015

[+55] 11 94859 2426 [brasil]
[+34] 644 951 354 [galiza]

www.editoraurutau.com.br
contato@editoraurutau.com.br

[EDITORA]
debora ribeiro rendelli
[REVISÃO]
marcella sarubi
[PROJETO GRÁFICO]
wladimir vaz
[COORDENAÇÃO GRÁFICA]
tiago fabris rendelli
[DIAGRAMAÇÃO]
victor h. azevedo
[CAPA]
colagem de victor h. azevedo

dados internacionais de catalogação na publicação (CIP) de acordo com ISBD

motta, vitor
M921b boladão / vitor motta. — cotia : urutau, 2022. 108 p. ; 14cm x 19,5cm.

ISBN 978-65-5900-272-6

1. literatura brasileira. 2. poesia. I. título.

CDD 869.1
2022-1547 CDU 821.134.3(81)-1

Elaborado por vagner rodolfo da silva - CRB-8/9410

sumário

PARTE I – AMOLANDO A FACA

[95] estranhos animais
[96] arrependido gado
[97] vermelho
[98] bandeira vermelha
[99] perca
[100] fritura na chapa
[101] diabos
[102] cadê
[104] ordinário
[105] de repênis
[106] antes de levantar

PARTE I – AMOLANDO A FACA

mais valia

O filho começa a ficar assim
meio neoliberalzinho,
leva um coro,
ele muda
o comportamento dele.
Olha,
eu vejo muita gente por aí
dizendo: ainda bem
que eu levei umas palmadas,

meu pai me ensinou
a assustar explorador.

vagabundo

Hoje parei.
Deliberadamente esqueci que o tempo segue
E segui estanque
Na espreguiçadeira que eu mesmo fiz.
Fiz-me de morto assim
Em decúbito dorsal
Seja lá o que seja isso, aqui
No meu quintal.

Vi o céu muito azul ir descendo de tom
Ir descendo até mim
Ou eu que subia, não sei.
Havia um tom pastel de vento
Que não me deu fome
    — Eu não queria movimento, só ver —

Quantas cores o céu me deu!
Até ficar escuro, nem sei o nome
Das cores que vi, dos ventos
Que me rupiaram tudo
Inclusive os pensamentos.

Vertiginoso multicor

Vertiginosa lentidão da lépida nuvem…
Qual é o coletivo de nuvens?
[Tem nome que não vale a pena]

Muitos bichos pularam em mim ou colidiram,
Meus cachorros e outros bichos
Que nem pude ver, mas senti
 — Seriam deuses? O verdadeiro Deus?
  O único deus que existe?
  Infinito porque dividido? —

Assim a noite chegou
Assim um dia se foi
Na paz estridente das cigarras em farra
Sonhei que era cigarra
E a cigarra é um poeta que compõe
Pra inflamar vaga-lumes.

"Vagabundo!"
Gritou o vizinho talvez pra mim.
Vagabundo é quem não presta pra vida
E vem pro mundo a trabalho,
Quem não ouve estrelas qual Bilac.

Sonhei que era cigarra
E a cigarra é poeta que compõe
Pra descortinar o nada

Vagabundo é quem nunca para.

vai pro sudão

Quão exitoso, não?
O capitalismo do Sudão.
É o melhor que vi
o capitalismo do Haiti.

"Vai pra Cuba, cuzão, lá não existe Porsche"
Diz o cuzão que diz que sofre
Ao ver tanta gente dormindo no chão.
No chão do Sudão? Não.
Em São Paulo, no Capão
Em toda capital com capital
E também nas desprovidas.
Em todas elas tem gente rica
E gente que por mais que tente
Nunca fica.
Vai pra Guiné, mané, filadaputa.
Vai pra Baltimore, nos USA.
Ou então não vai tão longe,
Dá um pulo na esquina, passa a vista na tua rua.
O Brazil capitalista pega o trabalhador e tritura.

A meritocracia é uma mentira
Pra gente não se revoltar

De acordar na madruga e ralar, ralar, ralar.
E no fim do mês simplesmente não dá.
E no fim das contas
Se a tua conta não fecha
Passa de novo no moedor
Sem mimimi, sem espernear
Pra não incomodar o Sinhô
E ele só de pinimba aprovar
Uma reforma trabalhista

salvo por gullar, o ferreira

Em um dia de sorte dei um pinote à esquerda
e desviei da ceifadora.
Ela, que nos espreita desde os tempos em que
se escrevia mia senhor
    (dizem que até antes. Dizem que ela foi o meteoro
    que destroçou os lagartos gigantes.
    Depois seguiu a colheita.).

No Brasil a safra já foi de Gregório,
o infernal, cantor de tudo o que é inglório,
como também foi de Augusto,
que esfregava suas palavras bem longe dos anjos,
sempre nos cantos mais sujos.
Cortou da Terra e na terra plantou
o afiado Machado.

Colheu todos a seu tempo, talvez
alguns um tanto cedo, mas nada verdes,
como Álvares de Azevedo.

Ano a ano, dedicada à sua necessária lida,
seu trabalho não levou no entanto o trabalho
desses e de outros tantos, que a obra fica:

Foi um João do Rio que ficou em minha vida.

Tentou levar, mas estão vivos nas estantes
ou diariamente nas ruas, sujos,
de domingo a sexta-feira,
ou em poemas sujos, como os de Gullar,
o Ferreira,
esse o mesmo que me fez virar à esquerda
e escapar de quem me esperava de emboscada
para ver um seu exemplar exposto na prateleira.

brasil dicionário

Brasil: de brasa.
Por extensão seria então brasileiro
aquele que está lá
a estalar no braseiro?

Brasil, da palavra masculina,
do masculino substantivo encarnado
que anda por aí imperativo
ostentando brasões, bravatas.

Será que há de um dia conservar
nas maçãs do rosto
o rubor que a brasa ensina?
Ou será que o nome define a sina
de, conforme brasa,
sem lição aprendida,
consumir-se a si mesmo
até sumir-se na cinza?

soneto duro

Levanta cedo, barbeia essa cara,
trabalha duro, formiga, peão.
— repetição da função sem razão —
Ajuda a quem te emprega e mal te paga.

Mesmo descalço, faz um pé-de-meia,
hoje semeia pra talvez colher.
Conta com a sorte, co'o clima, com Deus,
agradece a dor que a coisa tá feia.

Se mais suor tiver teu cheiro, mais
vão cheios os bolsos, mas não os teus.
Por sorte trabalhas, cala teus ais.

O gozo é futuro, dizem sem trégua;
faz por onde e por certo terás tudo,
mas quando? Poucos dias? Muitas eras?

eu conto ou você conta?

Eu sou tão feliz! Juro que sou muito!
Trabalho duro dia e noite
Pra no futuro ter a sorte
De conquistar tudo o que quero.
Com chuva ou sol
com vírus ou sem vírus me viro.
Eu dependo desse emprego que o bom patrão me deu.
Trabalho duro pra poder ter tudo o que quero e mereço.
Mas só no futuro.
Agora preciso trabalhar duro.
Faço isso tanto e tão bem
que na minha sala de estar
nunca está ninguém,
só os móveis que estalam sinistros na madrugada
como que ressentidos,
esperando mesmo uma topada que lhes tire uma lasca…

Não… não sou tão feliz…
juro que sinto muito.
Não juro muito, mas sinto, também sonho
mas já não sonho muito,
só às vezes quando durmo,
quase sempre um sonho esquisito:

Meu patrão em premiado alazão fugindo do fantasma do
[comunismo.
Eu pra trás, em um caixão de tábuas de pinus.

No meu enterro choro
Porque meu patrão nunca mais vai ter alguém assim,
que trabalha duro, como eu trabalho duro
pra poder ser feliz
no futuro.

o homem sob a prensa

Não é impressão, quem dera! Desce sobre um homem
o peso formidável, somatório de muitas eras
que, pudesse, não seriam mais vindouras.
E o homem sob a prensa é um corpo de memória.
Ainda que ele não saiba, ainda que não lembre,
ainda que duvide, a memória se imprime em seu presente.
[Tempos antes de grilhões e açoites
Hoje tiros pelas costas e prisões

Há tempos difíceis pela frente,
logo ali na esquina.

É uma imensa flor perene essa prensa,
porque sempre cultivada.
A suor e sangue constantemente regada,
por isso essa flor é uma flor desgraçada,
de densos bigodes penteados nas soleiras da casa grande,
De gangues sanguinárias protegidas por fardas.

Sob as capas de magistrados,
sobre as cadeiras estofadas nos gabinetes
onde as leis são traficadas
pro cultivo dessa flor de toneladas,

a trilha sonora é o agropop que faz.
Assim se faz a guerra: como quem faz nada de mais.

Essa flor é branca da pele ao colarinho
E cada pétala, uma investida contra a paz.

quem pode sonhar

Quem pode sonhar ser rei?
Quem poder sonhar ser A Lei?
Quem pode sonhar ter mansão?
Quem pode sonhar?

Quem pode sonhar ser traficante?
        [Pequeno. Dos menos importantes
Quem virou bandido porque quis?
Qual bandido pôde optar?
Quem pode sonhar?
Quem pode sonhar ser?
Sonhar-se,
Ousar ser.

Quem pode errar e seguir sendo?
Quem é que pode errar
Sem carregar pra sempre a pena?
        [Quem dá a resposta é quem dá a sentença
É quem erra e se aposenta
Com família
Salário…

Eu não.

Se eu errar, deixo de ser João
Passo a ser marginal
Um sujeitinho safado, talhado pro mal
Que não tem jeito não.

Não tenho jeito
Porque não tenho um tostão.

a grande fome

Aproxima-se a grande fome,
aquela que esteve sempre perto
dentro, em cada esquina, em cada
barriga de quem não vemos e não consome smartphones.

A grande fome nunca esteve longe
e só essa é a fome que importa.

Essa fome que somente some quando a vida some.

Espera. Ela não some.
Só muda de corpo, assombra outro ventre
outro nome,
ela é filha maldita de outra fome,
a fome de quem muito come,
que muito come e não quer que sobre,
a fome de quem acumula.

Essa é a fome da soma

Não some.

astronomia do desejo

URSAL maior
Ustra menor

estupro culposo

Como pode sem intenção
haver estupro, invasão?
Como podem provas provar tudo
Como podem provas provar tudo
Como podem
Provas
Provar
Tudo
E serem negadas?

Isso só prova a intenção
da inversão
do que pode ser bom senso
do que deve ser consenso:

Estupro culposo é contrassenso.

Estarrecida a gente
vê condenada a vítima
Justiça estropiada
Estupro
Estupor
Bandido aqui se condena apenas
Por conta bancária e cor.

querendo

Sem querer ser racista
Mas
Sem querer ser machista
Mas
Sem querer
Sem querer ofender
Mas
Sem querer agredir viado
Mas

Eu quero.

dança da cabecinha

Vem aprender comigo
essa dança esquisita.
É a dança do bandido
ou a dança da polícia?
O passinho principal
é mirar na cabecinha.

Vem na coreografia!

Mira
Mira
Mira na cabecinha.
Atira
Atira só na periferia.
Controla a mão se for no Leblão,
pobre morre e tá tranquilo,
rico morre e não dá bão.

Ci-da-dão?
Pow!
Se dá $, tiro não dou!

ponto e bala

Um ponto termina uma frase, é categórico **ponto**
Um ponto também termina um texto pronto **ponto**
Um ponto define o destino quando
se desce do ônibus naquele ponto **ponto**
Um buraco de bala num corpo é um ponto **bala** - - -
E também define um destino **bala** - - -
mas pode ser só o começo
da viagem entre mundos de quem foi
ou da dor sem fundo de quem ficou **bala** - - - **ponto**

É melhor ponto um fora de lugar
Do que uma bala no lugar errado **ponto**

Mas qual é o lugar do ponto da bala?

um poema violento

Na ponta do coturno
Tem um poema colado.

E no bico do fuzil
E no projétil disparado
Contra o professor,
E nas costas do favelado.

Também no corpo vivo
Que mora onde ninguém olha,
Que se esconde do tiro
E no cadáver ocultado.

Tem um poema em cada caveirão
Esperando ser denunciado.

esses velhos novos tempos

Toda vez que se faz guerra
sangue pobre rega a terra.

Toda vez que um pobre erra
a justiça tira a venda.

Quem se vende por migalhas
tem o selo do fracasso.

Quem se vende a preços altos
(a bem dizer, a alma vende)
Empreende, faz sua parte.

De parte a parte, quem reparte
e não guarda a maior parte
é tratado com desdém,

nessa modernidade antiga
cada qual vale o que tem,

nesses velhos novos tempos
nós usamos sempre o ou
em vez de usarmos o também.

a verdade é dura como um pau de arara

Tempos duros duras penas
Fosse só ontem… mas ganharam pernas e vozes
e chegaram aqui.

Mas vale sempre sempre sempre a pena
lutar ou escrever um poema,
que esses canalhas nada entendem de beleza.

Ainda que eu só escrevesse ofensas
— que belas ofensas! —
São mais belas que um cadáver.

São mais belas que a poeira
sob os tapetes dos porões
cheirando a suor
Sangue
Medo
Urina
Covardia.

Tem ferida que não sara
Tem sangue que não se lava.

Tem memória que não se comemora
Mas se conserva
Pra gente nunca mais escrever
Uma história assim amarga como essa.

são miguel arcanjo menino

São Miguel Arcanjo menino,
mensageiro e mensagem do Deus com quem pareces.
A gente agora reza pra você.
Eu, somente um ser humano, devo dizer:
Vieste na cor errada, na idade errada, na época errada
— Talvez época alguma seja mesmo apropriada —
Talvez se fosses um dos cães guiados por tua mãe...
Certamente se ostentasses louros cabelos, da cor de aprazíveis
[manhãs...
Não fosse aquele dedo de bruxa no botão...
ainda em botão, tuas ainda frágeis asas
não sustentaram voo tão repentino de torre tão alta.

Triste destino, arcanjo menino
Foste ao chão pra subir ao céu.   Tua dor não imagino.
Sequer a suponho. Mas não a ignoro.
Só que em mim transmutou-se em ódio, peço perdão.
O céu é teu, protege o celestial trono,
Que o teu Deus te idolatra. No entanto sou humano...
Tragicamente humano.
E o homem merece a dor.

… és mensagem e mensageiro, e não existe melhor
só que estamos cegos, surdos

O
SOM
SURDO
NÃO
ECOOU

Põe de lado a libra da justiça
Ergue firme a espada, sem piedade, apenas ira!
Toma emprestado o ódio que é de muitos e meu!
Faz essa gente sofrer — pelo amor de Deus!

sempre

Se a vida é um direito,
com que direito a morte
sempre tem como norte
sempre o mesmo endereço?

Se a bala do revólver
— parece não ter jeito —
sempre abre o mesmo peito,
deseja igual cadáver?

Curioso lugar
onde é célere a dor,
lento o socorro, e o clamor
não se quer escutar

mas está sempre lá.
Com que cara tu negas
que pra entrar nas favelas
só precisa mirar?

A etiqueta é outra,
o tapete é de sangue,
mas levaram o flagrante,
outro João, à força.

Pra quem busca um alento
para a mãe que padece,
talvez junto com preces
ofereça o argumento

de que a justiça tarda...
Porém há sempre o João,
Tiago Lucas Ágatha...
Naquele chão
a morte-farda nunca falha.

fardo

Meu país não pode ser
um gigante
fa(r)dado a ser
Golias.

a nossa estrela

Naquele céu não havia estrelas.
Certo dia uma linda estrelinha
Toda piscapiscantezinha
Apareceu pelo buraco na telha.

Que alumbramento!
O povo, carente de brilho
Saiu todo de dentro.

Pela primeira vez talvez
Se olharam com sorrisos
— Até os sisos se enxergavam! —
O brilho escorraçou a sisudez.

Quem tinha telhado inteiro não viu.
Estranharam o povo junto
Tanto dente e tanta união
veloz então a ficha caiu
(que pra isso eles são bons!).

E essa seria a história:

Era uma vez uma estrelinha
Que ao povo trouxe grande alegria
Mas acabou-se a palhaçada
Com a antiaérea bateria.

nunca em bairro nobre

No alto daquele morro havia uma casa inacabada.
Piso de chão, telhado furado,
só no tijolo, sem água encanada.

Há quem possa dizer, no entanto
que a vista não tem preço
e que muitos sonham viver cercados de mata.
Esquecem (de caso pensado?) que a casa é inacabada.
Dentro, como fora, falta muito.
Falta a paz de aproveitar a vista
e as belezas românticas da mata.

Falta mesmo quem a habite.
É visita, mora na busca
de vencer na vida lá embaixo
e sobe o morro pra dormir o sono dos justos, sem paz, esgotado
no seu lar inacabado.

Naquela noite o tempo fechou.
Os jornais todos acertaram.
"Senhor deus dos desgraçados!
Como pode aguentar tanta chuva
Tão pouco telhado?"

E enquanto esperava a tragédia de ver o teto no chão,
mão na cabeça, cabeça na mão, tudo assim trocado,
o que tombou foi o muro do quarto
onde ainda descansava e agora jaz. Farto.
De sessenta anos vividos, nenhum sem preocupação.

E o muro de tijolos duros
Serve agora de mortalha
Em lugar de proteção.

pra formar uma pessoa

Pra formar uma pessoa não basta
Ensinar a calcular
A escrever
Não basta ensinar a pescar

(Qualquer bicho aprende truques)

Pra ser gente tem que ter
Uma indignação pungente
Frente ao que se passa na frente da gente
Tem que aprender a pescar
E aprender que tem gente
Que não quer que a gente pesque

A gente é que faz a cidade, a nação
E querem a gente indigente
Mas nos faremos indigestos:
Cidadãos.

socorro não vinha

Socorro vivia na favela
E ainda quando saía dela,
Chamava por socorro
Quem morava nela.
Socorro não vinha.

Socorro se ocupava
De socorrer quem valia
Gostava de mordomia.
Só andava por bairro
Com asfalto de tapete
E comida tanta
que até lata de lixo janta.

Socorro! Sinhá se espetou com alfinete!
Vinha socorro com gaze,
Merthiolate que não arde e bandeide.
Lá no outro canto podia gritar quem fosse
Socorro corria bem pra longe
Fosse doença, fosse tiro,
Um, dois, três, um enxame...
Casa cravejada do metal sem brilho da bala
Socorro nem ligava.

Mas vinha a polícia e dava uma prensa
Depois a imprensa-urubu-na-carniça:
Suspeito de envolvimento com o tráfico
Portava um guarda-chuva cano longo
Um perigo!

Socorro, sacana, sorria:
Ainda bem que num foi comigo!

não alimente os animais

Mas olha, falando dos projetos sociais, algo muito importante é assim: as pessoas que estão na rua, não é correto você chegar lá na rua e dar marmita e dar porque a pessoa tem que se conscientizar que ela tem que sair da rua. Porque a rua hoje é um atrativo, a pessoa gosta de ficar na rua.

Bia Doria

Não alimente os animais. É o que dizem as placas,
Os especialistas ambientais.
Eles vão se acostumar,
Ainda que sejam restos,
Ainda que estejam frios.
Eles vão procriar e causar desequilíbrio.
Essa espécie selvagem invasora.

Eles não devem ser tocados ou manuseados.
Os saguis são protegidos por lei,
Também não podem ser mortos nem capturados
E isso eu não entendo! (Desabafo)
Pois aqui não falo
de saguis, nem de ratos, só que dá no mesmo,
Não é preconceito, gente, é fato!

Então
Não alimente os animais,
Desses que tem aos montes aí pelas ruas, poluindo a vista.

Eles gostam demais da boa vida. E comem demais.
Que foi, amiga? Só quero direitos iguais
Eu gasto um dinheirão com comida
E eles vão comer de graça? Pra todo mundo a vida tá cara.

Sabe quanto custa no Fasano uma salada?

engenheiro civil formado

Diz pra mim se é engraçado:
Tenho guardado em casa um diploma,
Engenheiro civil sou formado,
Mas nunca construí
sequer projeto de ponte
Que me leve a outro homem,
Que me leve à humanidade.

Do meu canudo de papel,
Fiz pra mim um pedestal.
Lá do alto eu
E minha concubina
Formamos belo casal!
Como pessoas de bem,
somos bem-posicionados
Na escada social!

Quem nos vê lá de baixo,
No alto desse pedestal
Está muito longe de chegar no meu céu
Afinal,
sou engenheiro civil formado.
Não sou cidadão, eu não!

Então
Eu juro que estou são e salvo,
(Pois sou engenheiro civil formado)
De qualquer destino cruel
E nem desconfio como é frágil
A minha torre de papel.

entra por um olho e sai pelo outro

Mamãe era muito mandona.
Vivia me dando ordens:
Lava
aquela
louça
agora
Assim bem pausado,
Com raiva da minha demora.
Passa uma vassoura na sala
Bota água pra ferver
E tantas outras explorações descabidas.

Ainda me obrigava a estudar
E ir pra cama cedo depois da janta.
Quem aguenta essa tirana?

Outro dia prenderam um fazendeiro
Que só fazia chupar cana doce
Que crianças cortavam o tempo inteiro.
Era horrível.
As crianças nem sair da fazenda podiam,
Viviam pro trabalho e isso não é vida
Nem te conto onde dormiam.

... nisso eu tomava meu refri no sofá
E dali mesmo falei com esses meninos coisa séria:
Entendo vocês,
Mas é assim mesmo,

Mamãe também não me dá férias.

guerreirão sofrido

Papai me deu porque mereço!
Mereci ter esse berço!
Nunca escravizei um preto,
Logo aos pretos nada devo.

Que culpa posso ter,
Que peso eu carregaria,
Se jamais me faltou janta?
Se herdei pastos, sesmarias?
Se a parte maior
E melhor
Da terra ainda é minha?

E você fica de invejinha!

Minhas credenciais
(de onde elas vêm?)
Abriram as portas que eu queria.
Nunca pedi favor a ninguém.
Desejo algo e ele vem,
Graças só ao meu trabalho
E ao meu jeitão determinado.
Porque eu sou danado!

E o bercinho onde papai me ninou,
Que foi de seu pai
E antes de vovô
E antes do biso
E do triso e do tetra...
(E do muito sangue que se derramou)
Há de ser do meu garoto,
Que garota é fraquejada,
Se Deus quiser vai ser bem macho!

E o bercinho vai passando...
Atropelando...
Azar de quem ficar embaixo!

rap conservador

Eu gosto de ser um macho
Muito assim bem macho
Pra fazer as menininhas de capacho
E dizer que enquanto ela lava eu passo
O dia inteiro só coçando o meu saco.

Mas esse mundo tá ficando muito frouxo
Não posso sequer deixá-la de olho roxo
Vem logo uma pá de puta e de viado
Pra dizer que eu vou ser denunciado.

(Só por isso, véi?
Que isso!
Só por isso?)

Quando o meu vô era moleque
(pô, respeito muito o meu vô)
Dizia que as mina respeitava a gente
E que casava tudo virgem (pela frente).

Por isso que eu sô conservadô, sacô?
Pra poder tocar o terrô em nome do vô

Claro que só com as mulé e as criança
E com esses viadinho que dança.

Porém, contudo, todavia
Logo, então, portanto, à revelia
Em nome de Deus e da família:
Cadê o meu direito
De ser machista?
Racista?
Imperialista?
Fazer as merdas de sempre sem dar na vista?

veio a tempestade

Veio a tempestade.
Literalmente, que poesia
Não vive só de inventar sentidos.

Quando muito, perdi parte
Da minha pequena horta.
É privilégio ou tenho sorte.

(ou ter sorte é privilégio)

Meu cachorro bebe a água
Que empoça porque quer.
Se não quiser nem se molha.

Em dias assim tenho uns delírios
(tem gente que não os suporta)
De que todo mundo mora em casa boa
Que não chove dentro,
Em que a dor não transborda
Quando a água invade a porta
E a terra enterra o sonho
De uma segurança irrisória.

Tem gente que diz que tem que ser assim,
Culpa da história.
Mas quem escreve a história é a gente

Não me venha com histórias!

trabalhava (ou sonho neoliberal)

Trabalhava
Trabalhava
Trabalhava
Dirigia o trator que passava
Por cima dele todo dia

Consolava-se.

Trabalhava.
Suava na colheita que
De sol a sol
Na encolha o encolhia

Resignava-se.

Trabalhava.
No aperto só da sala
Sob o branco da luz fria
Sob pilhas e mais pilhas
De papéis que o soterravam.

Calava-se.

uma escolha difícil

Borba
    Gato
Bola

não se ensina esperança

Esperança não se ensina
É uma sina
Uma espera no apesar
Inconcessiva
Adversativa
Adversária da justa lamúria
Imprestável quando imóvel
Verde e bruta porque brota
E seu olho brilha, semeado
[no movimento da luta.

palavrarmado

Poemarmado
Amargo
Porém não desalmado.
Tem alma
Coração
Um corpo todo lanhado.

Contra a arma branca
Da colônia ao colarinho.
Poemarmado é asa de abelha
Fina flor, qualquer delicadeza.
É contra-arma-branda
Apesarmado.

Poematire-se então
De verso em punho
De corpo e alma
Palavrarma.

PARTE II — DESGOVERNADO

brasil 17

Cada ver

É outro

Cadáver.

poema tirado duma notícia de jornal

Cinco da manhã. João Gostoso
não gostava do emprego.
Já não muito feliz pela espera
do ônibus lotado,
do dia de trabalho e do medo de perdê-lo,
já não muito feliz por ter dormido tarde
e acordado muito cedo
e mais esse vírus que não some,
essa gente que não some...
ouviu o homem de trás espirrando,
sentiu o spray na nuca e, pode-se dizer
que era um homem de paz,
mas quando o povo em volta viu
os dois já se EmloBavAm na calçada.

da roda ao conje

Inventaram a roda, dominaram o fogo
E queimaram bruxas inventadas.

Inventaram a lâmpada, construíram máquinas
E mutilaram cada trabalhador que as operava.

Hoje e cada vez mais o futuro lhes é amputado
No desespero que se impõe, diário
No pesadelo real, diário
De conquistar o mínimo
De conquistar o mínimo pra sobreviver
E estar menos vivo no turno seguinte.

Inventaram um futuro eternamente aproximado
Que de bicicleta se persegue, mas que nunca é entregue.
Dia a dia o trabalhador se entrega até entregar-se todo. Já era.

De ouro, prata, bronze,
Café, borracha, pau-brasil...
Construiu-se o homem faminto
A fome.
De pau-brasil a pau de arara
A fome.

De golpe a golpe
A fome.

A cada século que passa são cem socos por dia na carcaça
Da nossa gente quase toda
Enquanto socam dinheiro na bunda
Fazendo e devendo vergonhosos favores.
[Da riqueza são servos, não senhores

Inventaram o bonde e o trem bala, o zepelin e o avião
Inventaram primeiro o alvo, depois a bala.

No início era o verbo e desde então tudo é final
Nesse lugar que um dia vai longe.
De fim em fim
O novo fim é marcado
Pela palavra conje.

é preciso

Cada verso foi pensado
para que não parecesse
qualquer coisa apalermado

É que o presente pede pressa
contra a prensa que aperta,
faz penosa a experiência
de existir
          [que se converte em resistência.

Posto que a morte está posta
no presente que se apresenta
no prato vazio
na espera do leito
na esteira do luto
que inunda o peito
é preciso incitar a revolta,
olhar em volta e voltar-se contra.

Cada verso foi pensado
pra rejeitar o gosto amargo
das latas de leite condensado

do falso Messias,
dos falsos remédios

Cada verso é um atentado.

levantamento da nova fauna brasileira

Passa-
-rinho

Passa-
-boiada

Passa-
-porte

Passa-
-pano

O primeiro é quase extinto
O segundo é o responsável
Com o terceiro, quem pode foge
O último
É sempre o primeiro a passar vergonha
Vê se pode!

o verdadeiro patriota

O verdadeiro patriota
Não aceita
Não acata
Não ignora o sangue que jorra
Quer sempre mais ar no pulmão
Mais gás no fogão
Se preciso enterra a bandeira
Envolta no corpo morto
Daquele que a deflora.

O verdadeiro patriota já viu tudo:
Já quase não vê fauna e flora
Não acredita em mitos
Aprende com a história
Pega a viola e toca uma bela canção
Não vê uma arma em tudo que toca.

Pro outro
O falso patriota
        (e nisso não há
         Nada de gozado)

O mundo se resume à arma e piroca.

jogo de azar

Apostaram todas as fichas em um mito
E como o jogo é certo de azar:
Quatrocentos mil subtraídos.

E como todo azar pra pobre é pouco
Tem bandido lavando a sangue a favela
Jurando que é pra matar outro.

caridade

A gente ama o presidente
Como ele ama a gente:
Como a cárie ama o dente.

bolsonares

Cada povo tem sua mitologia.
Em terras tupiniquins,
De sangue preto e indígena,
Mataram e matam todos os deuses
De sangue preto e indígena.

O que hoje governa essas terras,
Ninguém sabe dizer se governa
Ou se é homem, deus, mito, messias...
O que se sabe é que faz guerra.
Divide o próprio povo,
Devasta a própria terra.
Não acredita no valor de sua terra,
De seu povo de sangue preto e indígena.

Mito de honestidade, arauto da covardia!

Sua língua de lamber coturnos
E seu pensamento
Estão lá longe:
Wall Street, lucros, dividendos
“Minha casa é sua casa,
Bem-vindos, colonizadores!

Brasil acima de tudo
Exceto dos senhores!"

"Tupy or not Tupy?"
"*Yankee is the answer,* meus lordes!"

poema de trator

Renan jamais trabalhou.
O pai de Renan trabalhou pouco
Cansou logo, fez "o loko".
Renan jamais trabalhou.

Os irmãos de Renan trabalharam pouco
Renan jamais trabalhou. Mas de alguma forma
A família enriqueceu, cresceu, furtificou.
E muitas suspeitas e muitas certezas.
Tem uma rachadinha nessa casa
Rasgando do teto ao chão. Não,
Que se chame o filho pelo nome: corrupção.
A casa vai cair
É melhor Já ir.

Renan jamais trabalhou, entretanto agora tem empresa
E o primeiro contrato (que barato!)
No governo de papai.

... e existe ainda quem insista
Em que a meritocracia não falha.
Há decerto quem diga:
"Ele estudou! Ele merece!"
[Ninguém merece!

É que até hoje Jair não trabalha
Renan não trabalha

Muito ajuda quem não atrapalha!

a revolução dos bichos

O cachorro

O primeiro me chegou, como quem chega em casa,
Me pegou em plena fuga, eu quis fugir, não aguentava.
Esticou a sua mão, com seu terno e sua gravata
Fui correndo decidido e tasquei-lhe uma dentada

A cobra

O segundo me roubou, me comprou feito escrava.
Eu não falo a sua língua e a minha ele não fala.
Me botou numa gaiola e me expunha em sua sala,
Revoltada então lhe dei uma mordida envenenada.

A ema

O terceiro me chegou disfarçado, mascarado,
Com uma caixa de remédio pra tentar me empurrar.
Eu fiquei indignada, disparou meu coração.
Pena, não tenho veneno, mas biquei a sua mão.

Os três em coro

Dizem que o bicho sente quem é bom e que num é não.
Se o humano pode ir preso quando faz uma agressão,
Deixa que a bicharada faça a revolução.

toma no bioma (uma marchinha pro carnaval que não houve)

Toma, ema, ema, toma!
Cansei de apanhar de ti
Toma a "quina", toma aqui
Não aguento hematoma

Durante meu passeio matinal
Não dou volta porque a Terra é toda plana
Mas sempre que eu vejo um animal
Ofereço meu remédio, ema, toma!

Toma, ema, ema, toma!
Cansei de apanhar de ti
Toma a "quina", toma aqui
Não aguento hematoma

No tocante ao berrante o gado vai
Atrás da "quina", nem a vaca ele quer mais
Tanto burro, gado e ema no bioma
E a bicharada se lascou no fim das contas

cão raivoso que falava

Biroliro foi à roça
Não sabia o que falar
Parecia que rosnava
E depois de muita força
Disse assim pra caboclada:

"Minha especialidade
É matar!"

Um rapaz ali presente
Disse ao cabra do seu lado:
"Se isso fosse presidente
Nós tava tudo lascado."
E ouviu novo rosnado:

"Os caras querem é a nossa hemorroida!"

Nessa altura, olhava a hora
Desculpou-se de atrasado
Mas é certo que fingia
Tava mesmo aperreado
Parecia preocupado
Todo o povo a sua volta:
"Mas onde é que já se viu,
Zé, quem goste de hemorroida?
Biroliro é perigoso
Não fala coisa com coisa

Alguém segura esse coiso,
Antes que esse bicho morda!”
E assim termina a história
Do cachorro Biroliro
Levado na carrocinha,
Só babando, só latindo
— E latiu até em inglês,
Mas cagou pra ele o gringo—
E o povo ficou livre do perigo!

uma cuestão apavorante

Nessa vida agitada
Tem dois tipos de cabra
Que esgotam a paciência:
O brigão loroteiro
E o esperto anticiência.
Imagine um cabra desse,
Um cabeça de alfinete
Com poder de presidência!

Nestes versos lhe explico,
Conto toda a verdade.
— Nessas horas poesia
Faz soar menos doída
Essa história de maldade
Que parece ficção
Terror de Zé do Caixão
Sendo então realidade —

Qualquer coisa que se diga
Ele diz "acho que não"
No tocante a essa cuestão,
Não explica, não consegue
Diz que é sua opinião

E encerra a entrevista
Ou contrata humorista
Pra ser sua imitação

Quando vê alguém chorando
Grita: "sai pra lá, viado!
Todo mundo morre um dia.
Pare logo de frescura
Que isso é só um resfriado
E quem morreu foi azarado,
Toca então a sua vida
Que isso é coisa de maricas
(chorar o leite derramado)"

E tome leite condensado!

Mas quando a coisa arrocha
Dá chilique, dá vexame
Quer ganhar tudo no grito
Quer paparicar o filho
Que sujou tudo de bosta
No desmaio desmanchou-se
Pegou a bandeira nossa
E chorou que deu foi gosto,
Vai chegar a tua hora!

Podia ser conto de fadas
Se não fosse malfadada
Essa história que te conto

Tipo bela adormecida
Que dormiu por trinta anos
Trinta anos sem trabalho
Acordou e ficou tonto
Se dizia congressista
Mas sequer redigiu ponto
Não pôde nem chegar à vírgula
E com as mãos sobre a barriga
Tinha sempre muito sono.

Por enquanto fico aqui
Lamentando enquanto conto
A história do Brasil
Dos livros de história
Q'inda não se encontram prontos
O desejo é que eu desperte
E descubra, inda com medo
Que dentro dum pesadelo
Eu fazia um cordel
De arrepiar os cabelos!

o livro é veneno pra você

Hoje, a certa altura do dia,
Colhi um livro ao acaso.
Mal comecei a mastigá-lo,
Meu corpo já se nutria.
(tinha gosto de poesia,
mas posso estar enganado).
Curiosamente,
A fome nunca se extinguia.
Pude ler a minha sorte
A cada linha que brotava,
A cada página que em flor se abria.

Entendi que um livro vale tanto
Que deve estar em todo canto,
Crescendo como erva daninha,
Fazendo o que você não quer,
Traduzindo o seu maldito canto
Nesses versos sem lirismo:

"Livro os ricos,
Dos pobres me livro"

Mas como brota vida em cada fenda,
Em cada esquina plantaremos poetas
E logo haverá fontes, cascatas, veredas
Repletas daquilo que te envenena.

nove lembretes ao cristão

Sua fé
É que nem café;

Não confundir heresia
Com ereção;

Confundir heresia
Com eleição;

    Conhecer A Palavra além
    Do que a parte que lhe convém;

Deitar ao chão a pedra
E estender a mão

Não crucificar
Nem crucificar-se

Arminha com a mão
É fechamento com o cão

    Conhecer A Palavra além
    Do que a parte que lhe convém;

Conhecer a palavra amém
E a palavra amem
[também.

quem acredita em cristofobia

Quem acredita em cristofobia
Acredita em qualquer porcaria.
Acredita na tal mamadeira
Acredita no pai da mentira.

Esse aí, travestido de messias.

Quem acredita em cristofobia
Destrói terreiros de umbanda
Fala em Cristo todo dia:
"O senhor é meu pastor
E nada me faltará"

(Só amor e empatia)

Quem acredita em cristofobia
Acredita em cada coisa!
Mas só se a coisa coisada
Falar direto ao seu preconceito
É bem simples o conceito.

Quem acredita em cristofobia
Já matou Cristo faz tempo

Na vigília no hospital
Com as secreções do estupro nas mãos
Como se em óleo santo estivessem ungidas
Mãos que seguram a Bíblia
E apontam
E apontam
Só apontam
De dentro do seu profundo poço
De ódio e hipocrisia.

recado

Tome nota,
Eu soube em primeira mão:
Cristo não volta.
Morre de medo de cristão.

religiosamente

Deus
Só o mercado
Paraíso
Só o fiscal
Graça
Só o lucro
Assim bruto
Assim líquido
Individualíssimo.

partiu

Comprar fuzil
Pra roubar comida:
BRASIL

tratoraço

A polícia
Passa o trator
A milícia.
O presidente
Passa o trator.
A família
A fome
Passa o trator

E enquanto o tempo
vai passando
quem fica passado?

o berrante de hamelin

O bom gado
Encantado
De bom grado
Vira pasto.

estranhos animais

A sina de certo gado
Parece sempre a mesma:
Ser um burro
Metido a besta.

arrependido gado

Nessa boiada
Já fui boi
"ê ô ô vida de gado…"
Nessa roubada
Fui robô
E fui roubado.

vermelho

A bandeira jamais será vermelha

Mas a conta bancária
Mas a conta de luz…
A coisa tá feia.
Mas o chão da favela
Mas a mão do capeta
Com a barriga cheia de merda
Interna, opera, melhora…
Mas aqui não melhora,
A coisa tá feia.
Tem sangue na seringa que não vacina
Tem sangue na aldeia.

Ainda temos sangue na veia?

bandeira vermelha

N°1
Recebi a conta de luz.
Pessoalmente
encontrei Jesus.

N° 2
Sempre ouvi desde pequeno,
E agora compreendo:
Me fudi de verdeamarelo

perca

Uma capa de gordura
Não é o mesmo
Que uma capa gordurosa

Um dedo de prosa
Não é o mesmo
Que uma prosa de dedo

Você pode ser muito grande
Mas se tiver
Só tamanho
Jamais será gigante

Você pode se armar até os dentes
Mas se souber
Só disparar
Não sabe nada
(Que a munição acaba)

Se souber só bater
Você pode perder a cabeça
E torcer
Pra ser
Só linguagem figurada.

fritura na chapa

Desmaios
Soluços incessantes
Prisão de ventre
Irritabilidade
Internações frequentes

Sempre que a chapa
Começa a ficar quente.

— É coisa grave, doutor?
Algum mal de família?
Quando alguém vê,
Quando alguém grava,
A coisa se agrava.
O pai se constipa
O filho se caga.

— Veja bem…
Diante das evidências que vejo
Só pode ser rabo preso.

diabos

Por que diabos
Tantos Olavos
Quando
Em apuros máximos
Esquecem tão rápido
O Estado mínimo?

cadê

Cadê o país que estava aqui?
O Mito comeu.
Cadê o cadáver que estava ali?
A polícia escondeu.

Minha terra tem primores
que a gente não consegue achar.
Em clima de guerra, já não canta o sabiá.

Na minha terra existe um gado
um tanto diferenciado:
Parece até que evoluiu, não vive no campo mais.
O gado novo da minha terra pasta nas redes sociais.

[Mas são antissociais, esses boçais, ignaros animais…
Não leem nada que ultrapasse uma dúzia
de palavras banais!

Minha terra não é Ave, Maria
mas é cheia de garça,
também tem muita igreja e pouca reza.
E tem muita terra pra pouca gente nela
Muito trator.

[Proponho queimar os tratores
pra nossos bosques darem flores

E que esgarçado signifique outra coisa:
Essas garças serenas que rasgam a cor do céu com suas cores.

ordinário

Ordinário

Bolsonário
Ordinaro

de repênis

Da mamadeira de piroca
À piroca da Fiocruz
Se não te bateu
Arrepenismento,
Só batendo!
Só botando pra fora!
Mas vou mesmo é botar
Meu tênis pra dentro
Antes que alguém,
De repênis,
Leve-o embora.

antes de levantar

Olhar em volta por alguns segundos ou minutos
Depende do cansaço (que é muito).
Apoiar a mão como impulso
E vem o primeiro soco do dia
No rosto
No susto
De onde veio? Veio de ontem.
Parece o mesmo soco desde dois mil e dezoito
Desde então estou roxo cada vez mais nos dois olho.
Mas eu sou foda, parceiro
Um soco só não me derruba
Tiro a cabeça do travesseiro.
E vem mais um. Certeiro.
Já não sei mais o que é sangueódiodesespero
Vem pelo ar, de toda parte a porrada
Não é vírus, é um demônio, um mito
(por favor, não me mata!)
Que atravessa os tempos
18, 19, 20, 21... e ninguém faz nada!
A cada novo alvorecer
A cada nova notícia diária
A cada novo discurso

De novo a luz se apaga
De novo um soco na cara

E parece que nunca mais vou conseguir
Sair da cama pra nada

Mas eu sou foda

Apesar de você, amanhã há de ser
Uma nova alvorada.

■ primeira edição
■ junho de 2022